LUFF '05
Ertappt!

Luff 05

Ertappt!

Ein Jahresrückblick in politischen Karikaturen

DRW

ISBN 3-87181-029-0

Bestellnummer: 029

„Kommt mir, ehrlich gesagt, gar nicht mal so ungelegen!“

Der Europäische Gerichtshof für Menschenrechte gibt einer Klage der monegassischen Prinzessin Caroline statt und verbietet die Ausschlachtung der Privatsphäre Prominenter durch die Medien. Diese sehen darin eine Einschränkung der Pressefreiheit und drängen die Bundesregierung, gegen das Urteil vorzugehen. (September 2004)

„He! So war das aber nicht gemeint!“

Die stetige Erhöhung der Tabaksteuer bewirkt erstmals den Rückgang des Zigarettenkonsums und somit des Steueraufkommens. (September 2004)

Kaukasische Hydra

In einer Schule im nordossetischen Beslan nehmen Terroristen 1200 Menschen, vorwiegend Kinder, als Geisel. Bei der Erstürmung durch russische Truppen gibt es über 200 Tote und 650 Verletzte. Moskau droht mit militärischen Präventivschlägen gegen Basen und Rückzugsräume der Terroristen. (September 2004)

Kleine Geschenke erhalten die Mehrheit.

Mit der Mehrheit der Republikaner lässt der US-Congress eine befristete Verschärfung des Waffengesetzes auslaufen. (September 2004)

„Kommt alle her! Hier ist der sichere Weg aus der Bildungsmisere!“

Bildungspolitiker der Regierungskoalition werben für die Abschaffung des dreigliedrigen Schulsystems. (September 2004)

Der Honigtopf

Der Ausgang der Landtagswahlen in Sachsen und Brandenburg zeigt die polarisierende Wirkung der laufenden Sozialreformen. In Sachsen schafft die NPD, in Brandenburg die DVU jeweils den Einzug in den Landtag. (September 2004)

Milbradts Verlust

Mit 41 % verzeichnet die sächsische CDU ihr bisher schlechtestes Landagswahlergebnis
und ist auf einen Koalitionspartner angewiesen. (September 2004)

Gesundheitspolitischer Kompromisskurs

Der Konflikt in der Union um die von der CDU als Krankenversicherungsbeitrag favorisierte so genannte „Kopfpauschale“ wächst sich zum Parteienstreit aus. (September 2004)

„Einfach viel cooler bei dir, Onkel George!“

Im US-Präsidentschaftswahlkampf liegt Bush nach Umfragen vorn. (September 2004)

Rumsfeld-Strip

US-Verteidigungsminister Rumsfeld muss zugeben, dass es vor dem Irak-Krieg keine Beweise für eine Zusammenarbeit von Saddam Hussein und dem Terrornetzwerk Al Kaida gegeben hat. (Oktober 2004)

Das Abenteuer

Die EU-Kommission spricht sich für die Aufnahme von Beitrittsverhandlungen mit der Türkei aus. (Oktober 2004)

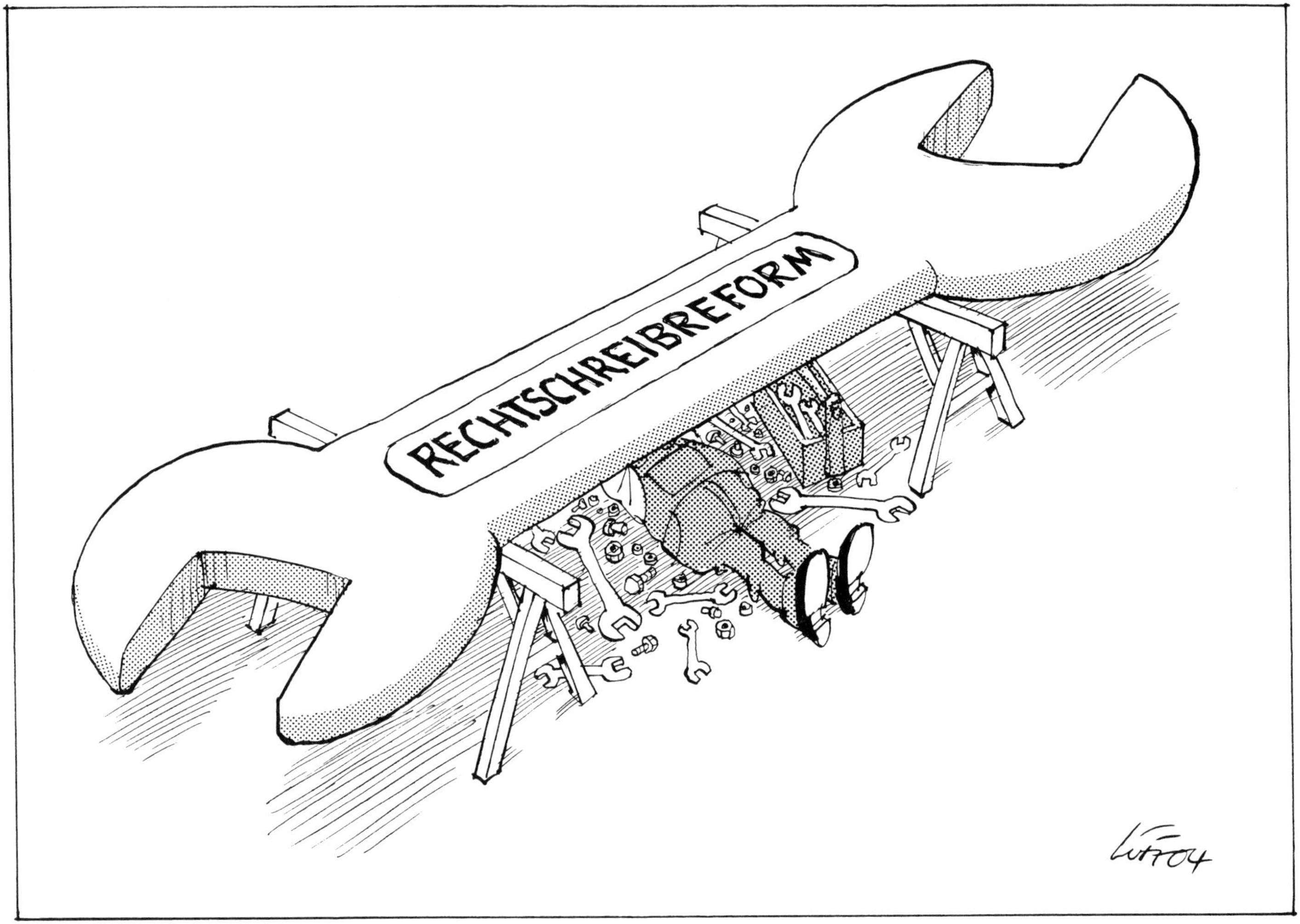

Die Konferenz der Ministerpräsidenten beschließt einen „Rat für deutsche Rechtschreibung“ einzuberufen, wo sich Vertreter widersprechender Auffassungen einigen sollen. (Oktober 2004)

„Und was, wenn ich fragen darf, haben Sie da Heißes angefasst?“

Die auf Anregung von CSU-Politikern in der Union dieskutierte Unterschriftenaktion gegen den EU-Beitritt der Türkei stößt auf öffentliche Ablehnung. (Oktober 2004)

„Schwester, wo ist der Patient?“

Der General Motors Konzern kündigt an, in Deutschland 10 000 Stellen zu streichen, worauf die Belegschaft des Bochumer Opel-Werks streikt. (Oktober 2004)

„Also was jetzt, Schulden tilgen oder Beiträge senken?“

Die durch die Gesundheitsreform erwirtschafteten Überschüsse der Krankenkassen sollen laut Finanzminister Eichel zur Schuldentilgung verwendet werden. Gesundheitsministerin Schmidt strebt jedoch die Senkung der Beitragssätze an. (Oktober 2004)

„Des tut m'r ausg'sproche Leid, aber **DER** Zug isch weg."

Mit seinem Vorhaben, erst nach gewonnener Landtagswahl 2006 seine Ämter zur Verfügung zu stellen, trifft Baden-Württembergs Ministerpräsident Teufel nicht die Stimmung in seiner Partei. Nach wochenlangen Querelen um seine Nachfolge sieht er sich zum vorzeitigen Rücktritt gezwungen. (Oktober 2004)

Nach der Wiederwahl George W. Bushs zum US-Präsidenten herrscht im Lager seiner Gegner nie da gewesene Bitterkeit. (November 2004)

„Tut mir Leid, aber mir fällt sonst wirklich nichts mehr ein!“

Finanzminister Eichel schlägt vor, zur Stärkung der Konjunktur und somit des Steueraufkommens den 3. Oktober als gesetzlichen arbeitsfreien Feiertag zu streichen. (November 2004)

Chance

Der palästinensische Präsident Arafat stirbt in einem Krankenhaus in Paris.
Seine Kritiker gaben ihm stets die Hauptschuld am Stocken des Nahost-Friedensprozesses. (November 2004)

„Na dann gut' Nacht."

Die Nachfolgerin des scheidenden US-Außenministers Powell, Condoleeza Rice, gilt als konservative Hardlinerin. (November 2004)

„Ein Skandal, die Versäumnisse in unserem Schulsystem!“

Defizite im staatlichen Schulsystem gelten als Hauptursache für des schlechte Abschneiden Deutschlands bei der internationalen Bildungsstudie PISA. (November 2004)

„Hoppla! Seit wann gibt's hier Wachhunde?"

Mehr als eine halbe Million Menschen protestieren in Kiew gegen die gefälschte Wiederwahl des pro-russischen Kandidaten und amtierenden Regierungschefs Janukowitsch. Oppositionsführer Juschtschenko lässt sich im Parlament zum neuen Ministerpräsidenten wählen, Zehntausende folgen dem Aufruf der Oppositionspolitikerin Timoschenko und ziehen vor das Präsidialamt. (November 2004)

Seit dem Bundeswehr-Folterskandal von Coesfeld werden immer mehr Fälle von Rekrutenmisshandlung durch Vorgesetzte bekannt. Verteidigungsminister Struck verspricht Abhilfe. (Dezember 2004)

„Mach bloß kein Scheiß!“

Der Entscheidung des ukrainischen Verfassungsgerichts wird größte Bedeutung für den friedlichen Fortgang der „Orangen Revolution“ beigemessen. (Dezember 2004)

UNO-Stammtisch

Das Streben Deutschlands und Japans nach ständigen Sitzen im UN-Sicherheitsrat erscheint auf Grund chinesisch-japanischer, aber auch amerikanisch-deutscher Ressentiments wenig aussichtsreich. (Dezember 2004)

Schatten der Vergangenheit

Der 89-jährige chilenische Ex-Diktator Pinochet wird wegen seiner maßgeblichen Beteiligung an der so genannten „Operation Condor“ gerichtlich angeklagt. Mehrere südamerikanische Militärdiktaturen hatten dabei in den 70er Jahren die grenzübergreifende Verfolgung und Ermordung von Regimekritikern koordiniert. (Dezember 2004)

„Na und? So was nennt man alte Kontakte!“

Wegen weiterlaufender Bezüge vom seinem früheren Arbeitgeber RWE ohne Gegenleistung
gerät CDU-Generalsekretär Meyer in die Kritik. (Dezember 2004)

Eifriges Pflege-Personal

Während die deutsch-amerikanischen Beziehungen wegen des Irak-Krieges weiter auf Eis liegen, treffen sich Bundeskanzler Schröder und Präsident Putin auf Schloss Gottdorf bei Schleswig, um die deutsch-russische Zusammenarbeit zu vertiefen. (Dezember 2004)

Erwartungen

Der neue palästinensische Präsident Abbas gilt als Hoffnungsträger für die Wiederbelebung des Nahost-Friedensprozesses. (Januar 2005)

Die Ausweitung der DNA-Analyse

Um Vaterschafts-Anfechtungsklagen zu erleichtern, wollen die Grünen das Verbot heimlicher Gen-Tests lockern.
Bisher sind DNA-Analysen ohne Einverständnis der Betroffenen verboten. (Januar 2005)

Jumbo im Schatten

In Anwesenheit europäischer Staats- und Regierungschefs stellt der Airbus-Konzern in Toulouse den neuen A 380 der Öffentlichkeit vor. Das mit 80 m Spannweite größte Passagierflugzeug der Welt kann bis zu 850 Passagiere aufnehmen und tritt in Konkurrenz zur amerikanischen Boeing 747. (Januar 2005)

US-Präsident Bush schließt einen Militärschlag gegen den Iran im Streit um dessen Atomprogramm nicht aus. (Januar 2005)

Aktion ehrliches Parteilogo

Die NPD-Abgeordneten im sächsischen Landtag bezeichnen die Zerstörung Dresdens im zweiten Weltkrieg als „Bomben-Holocaust der Alliierten“ und verlassen bei einer Gedenkminute für alle Kriegsopfer den Saal. Unter anderen fordert auch Ministerpräsident Milbradt, ein weiteres Parteiverbotsverfahren gegen die NPD anzustrengen. (Januar 2005)

„Jedenfalls steht unser Ausbruch kurz bevor!“

Bei der Vorstellung des Jahreswirtschaftsberichts beurteilt Minister Clement die Entwicklung optimistisch:
Die Regierung rechne mit 1,6 % Wachstum, und die wirtschaftliche Erholung gehe mit steigender Binnennachfrage einher. (Januar 2005)

Neue Spielfigur

Der Fußballschiedsrichter Robert Hoyzer gesteht, mehrere Pokal- und Zweitligaspiele manipuliert zu haben, auf dessen Ausgang zuvor ungewöhnlich hohe Wetten abgeschlossen wurden. (Januar 2005)

Die wahren Helden

Bei den ersten freien Parlaments- und Regionalwahlen seit dem Sturz Saddam Husseins geben ungeachtet der Todesdrohung durch Extremisten rund 60 % der wahlberechtigten Iraker ihre Stimme ab. (Januar 2005)

Gedanken zum 8. Mai

Die Bundesregierung will noch vor dem 60. Jahrestag des Kriegsendes das Versammlungsrecht verschärfen, um den für den 8. Mai geplanten NPD-Aufmarsch am Brandenburger Tor zu verhindern. Kritiker bemängeln, es werde versucht, die Demokratie zu schützen, indem man sie einschränkt. (Februar 2005)

„Wenn das mal gut geht!"

Unionspolitiker machen Außenminister Fischer für den jahrelangen massenhaften Visa-Missbrauch ukrainischer Schleuser verantwortlich. Ein parlamentarischer Untersuchungsausschuss soll für Aufklärung sorgen. (Februar 2005)

„Wir, geschlafen? Wieso?“

Außenminister Fischer wie auch Innenminister Schily wird vorgeworfen, die massenhafte Visa-Vergabe durch die deutsche Botschaft in Kiew zu lange geduldet zu haben. (Februar 2005)

Ja, er entwickelt sich, der Kleine!“

Die vom Bund zu tragenden Kosten der so genannten „Hartz IV“-Sozialreform steigen in ungeahnte Höhen. (Februar 2005)

Zunehmend unbequem

Nach der Ermordung des syrienkritischen Ex-Premiers Rafik Hariri richtet sich die Stimmung im Libanon massiv gegen die faktische Besatzungsmacht. Auch angesichts wachsenden internationalen Drucks beginnt Syrien seine Truppen aus dem Libanon abzuziehen. (März 2005)

Ulla fordert Beitragssenkung

Die Forderung von Bundesgesundheitsministerin Schmidt, die erwirtschafteten Überschüsse der Krankenkassen in Form von Beitragssenkungen an die Mitglieder und Arbeitgeber weiterzugeben, bleibt ohne Folgen. (März 2005)

Nachschub

Das von der Regierungskoalition geplante Anti-Diskriminierungsgesetz geht weit über das von der EU geforderte Maß hinaus. Kritiker warnen vor verfassungswidrigen Eingriffen in die private Vertragsfreiheit, vor zusätzlicher Bürokratie und einer Atmosphäre des Misstrauens. (März 2005)

„Ui, da drängelt einer mehr als ich!“

Im Gespräch mit Bundespräsident Köhler und in seiner Rede vor dem Deutschen Bundestag macht der neue ukrainische Präsident Juschtschenko deutlich, sein Land so schnell wie möglich in die EU führen zu wollen. (März 2005)

Verdacht auf Waffenschmuggel

Der Bundespräsident fordert die Teilnehmer am bevorstehenden so genannten „Jobgipfel" auf,
sich jenseits aller Parteipolitik um die Lösung der dringenden Arbeitsmarktprobleme zu bemühen. (März 2005)

„Für so instabil hatte ich's nicht gehalten!“

Heide Simonis' Versuch, an der Spitze einer vom Südschleswigschen Wählerverband geduldeten rot-grünen Minderheitsregierung Ministerpräsidentin zu bleiben, misslingt. Als sie in vier Wahlgängen im schleswig-holsteinischen Landtag nicht die Mehrheit erhält, wirft sie das Handtuch. Eine CDU-geführte große Koalition scheint nun unvermeidlich. (März 2005)

„Das mit der Maut-Flucht will der Stolpe ja unbedingt in den Griff kriegen!"

Bundesverkehrsminister Stolpe spricht sich für eine Mautpflicht auch auf Bundesstraßen aus, die als Ausweichstrecken von „mautflüchtigen" LKWs verstärkt frequentiert werden. (April 2005)

Schröder-Putin-AG

Bundeskanzler Schröder und der russische Präsident Putin bedenken einander auf der Hannover-Messe gegenseitig mit Lob.
Man vereinbart milliardenschwere Gemeinschaftsprojekte. (April 2005)

SPD-Steuermann

SPD-Chef Müntefering will angesichts dramatischen Mitglieder- und Wählerschwunds seine Partei wieder stärker an die traditionellen sozialdemokratischen Werte binden. Dies steht jedoch im Widerspruch zu aktuellen, von Ihm mitgetragenen Reformpolitik, welche die Einschränkung von Sozialleistungen vorsieht. (April 2005)

„Live im Fernsehen? Warum eigentlich nicht?“

Die Aussage des Bundesaußenministers Fischer vor dem Visa-Untersuchungsausschuss soll im Fernsehen übertragen werden. (April 2005)

„Wollt ihr wohl gefälligst den Ofen in Ruhe lassen?!"

Nach dem Tod des Papstes Johannes Paul II, steht im Vatikan die Wahl seines Nachfolgers an. Der nach den Wahlgängen aus der Sixtinischen Kapelle aufsteigende Rauch, der die Menschen auf dem Petersplatz über den Stand der Dinge informieren soll, sorgt mehrfach für Verwirrung, da seine Färbung anfangs nicht eindeutig erkennbar ist. (April 2005)

Präzisionsmessung

Clements Wachstumsprognose von 1 % gilt in Wirtschaftskreisen als zu optimistisch. (April 2005)

Demoskopen sagen einen für die SPD katastrophalen Ausgang der NRW-Landtagswahl voraus. Verzweifelt greift Parteichef Müntefering zu Rezepten des Klassenkampfes und veröffentlicht eine Liste von Privat Equity-Firmen, die er als „Heuschrecken" bezeichnet. (Mai 2005)

„Scheint mal wieder was auf die Mütze zu geben!“

Hohe Arbeitslosigkeit und geringes Wirtschaftswachstum bewirken für Bund und Länder bis 2008 den weiteren Rückgang des Steueraufkommens von rund 67 Milliarden Euro. (Mai 2005)

Dalli, dalli!

Noch am Abend der verlorenen Landtagswahl in Nordrhein-Westfalen kündigen Gerhard Schröder und Franz Müntefering an, den Weg für eine vorgezogene Bundestagswahl am 18. September frei zu machen. Urplötzlich steht die Union unter immensem Handlungsdruck. (Mai 2005)

Vercingstoiberix legt die Waffen nieder. (Frei nach Uderzo)

Nachdem 2002 Edmund Stoiber seine Chance, Bundeskanzler zu werden, nicht nutzen konnte, geht nun kein Weg mehr an Angela Merkel als Spitzenkandidatin der Union vorbei. (Mai 2005)

Der Sündenbock

In einer Volksabstimmung entscheiden sich die Franzosen gegen die geplante EU-Verfassung, worauf Premierminister Raffarin zurücktritt. Sein Nachfolger wird der bisherige Innenminister de Villepin. (Juni 2005)

„Das war's, Watson. Feierabend!"

Mit dem Argument, bis zur vorgezogenen Bundestagswahl könne der Abschlussbericht des Visa-Untersuchungsausschusses nicht mehr erstellt werden, will die Regierungskoalition dessen Arbeit einstellen. (Juni 2005)

Lucky Tony

Die Ablehnung der EU-Verfassung per Volksabstimmung in Frankreich und den Niederlanden veranlasst Premierminister Tony Blair, das in Großbritannien genau so zu scheitern drohende Referendum abzusagen. (Juni 2005)

„Na, na, na! Wer wird denn so nervös sein?"

Bundespräsident Köhler, der vor der schwierigen Entscheidung steht, den Bundestag aufzulösen, um eine vorgezogene Neuwahl zu ermöglichen, wird von führenden SPD-Politikern vorgeworfen, vertrauliche Informationen öffentlich gemacht zu haben und sein Handeln nach dem Nutzen der Union auszurichten. (Juni 2005)

Beginnender Häuserkampf

Zu möglichen Szenarien einer schwarz-gelben Regierungsübernahme äußert sich der DGB-Vorsitzende Michael Sommer:
„Sollte die Lohnfindung in die Betriebe verlagert werden, gehen die Gewerkschaften zum Häuserkampf über!"
Eine Woche später betont er jedoch, auch mit einer unionsgeführten Bundesregierung zusammenarbeiten zu wollen. (Juni 2005)

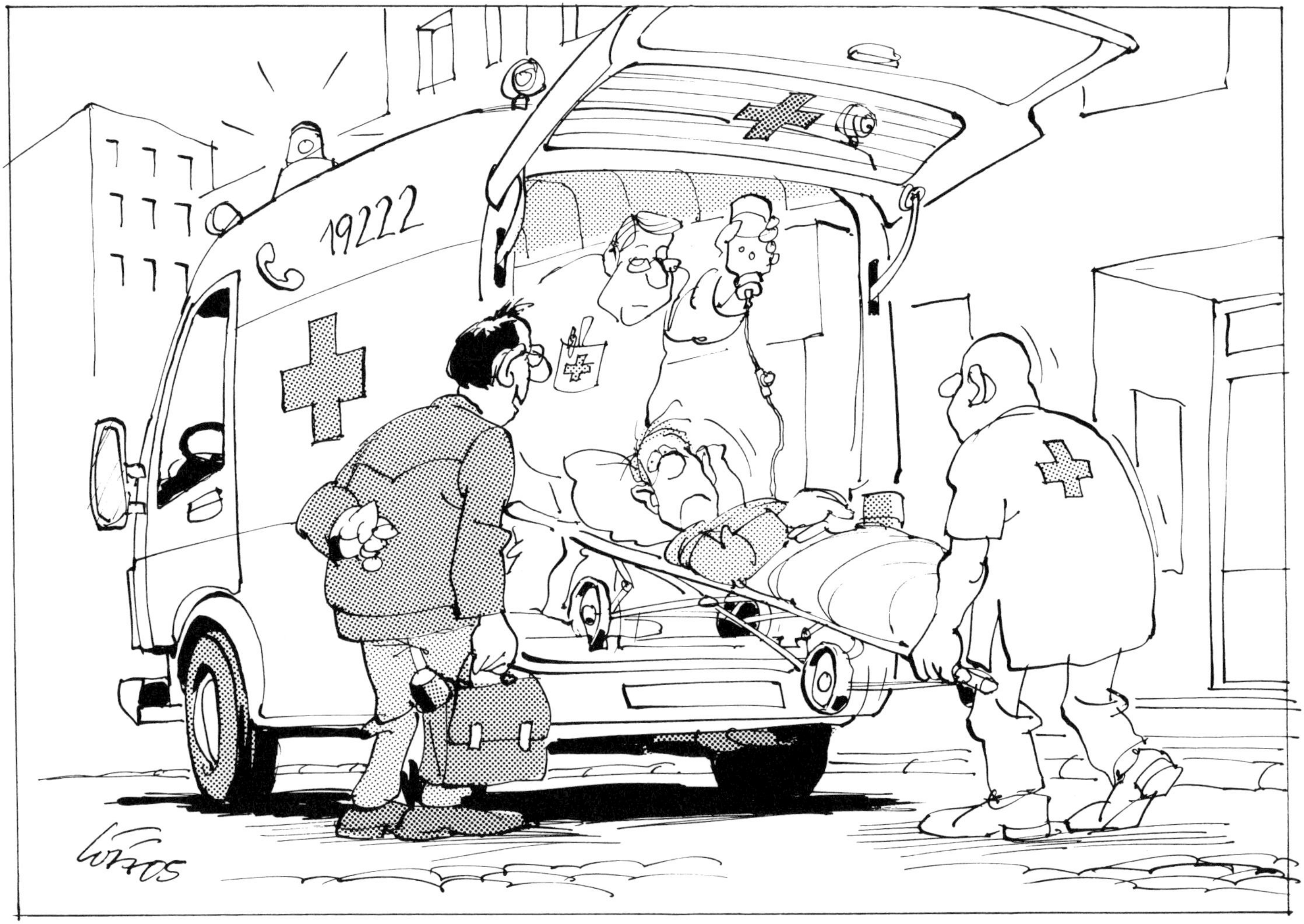

„Na, Meier! Geht's mal wieder in Urlaub?"

Der Vorschlag von Handwerks-Präsident Otto Kentzler, Krankheitstage mit Urlaub zu verrechnen, stößt in allen Parteien auf Ablehnung. (Juni 2005)

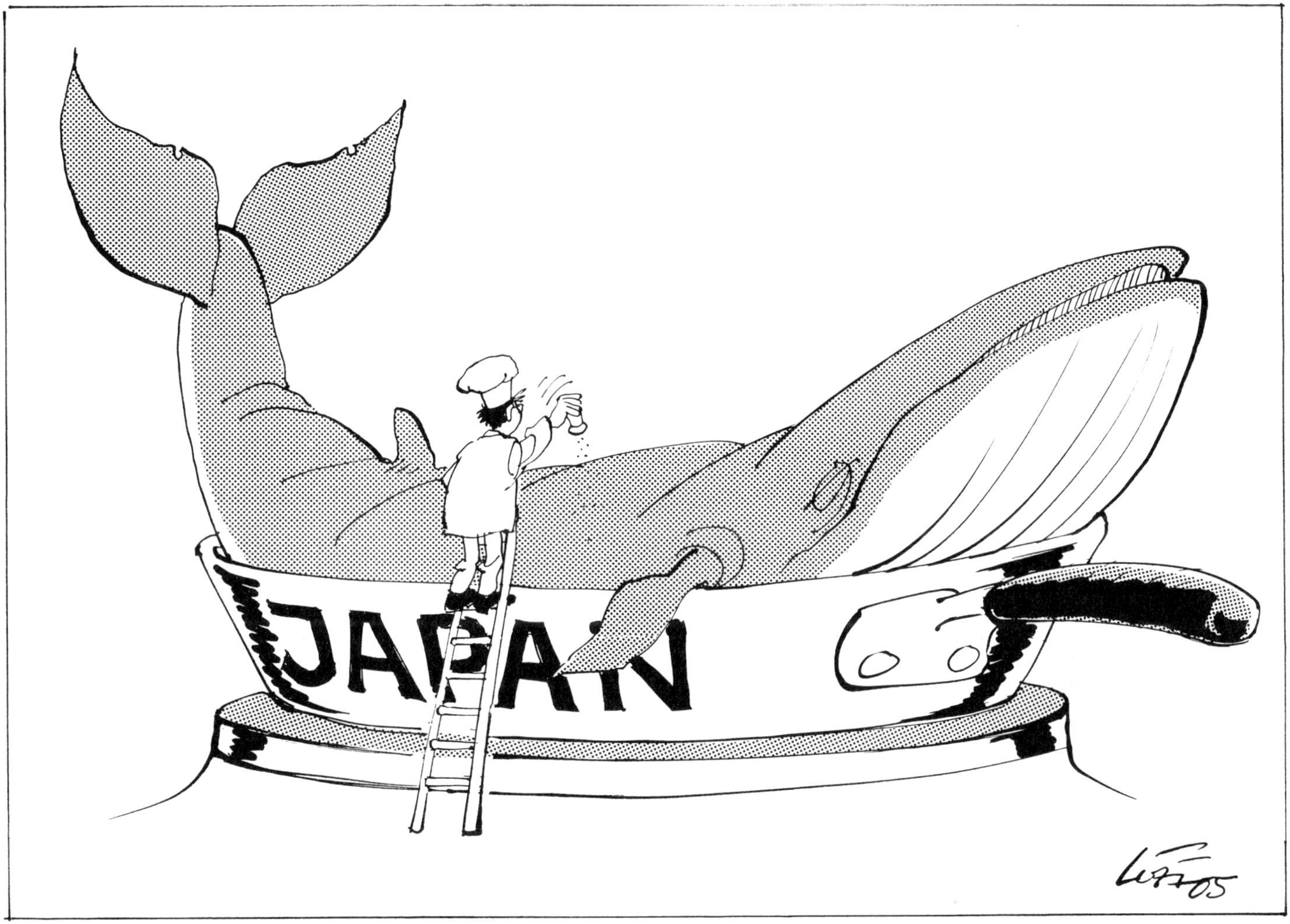

Wissenschaftler bei der Forschungsarbeit

Japan will im Rahmen seines umstrittenen „wissenschaftlichen Walfangprogramms“ die Abschussquote für Zwerg-, Finn- und Buckelwale erhöhen, nachdem der Versuch, bei der Tagung der Internationalen Walfangkommission im südkoreanischen Ulsan das vorläufige Verbot kommerziellen Walfangs zu kippen, gescheitert ist. (Juni 2005)

Das Fell des Bären

Vorzeitig diskutieren Unionspolitiker öffentlich verschiedene Verwendungsmöglichkeiten der von der geplanten Erhöhung der Verbrauchsteuern erwarteten Mehreinnahmen. (Juni 2005)

Amtierender Weltmeister

Islamistische Selbstmordattentäter lassen in London in drei U-Bahnzügen und einem Doppeldeckerbus Bomben hochgehen und reißen über 50 Menschen mit in den Tod. (Juli 2005)

„Noch haben wir nicht verloren, Gerhard!“

Die von der Union im Falle eines Wahlsiegs geplante Mehrwertsteuererhöhung erweist sich erwartungsgemäß als höchst unpopulär. Auch der potentielle Koalitionspartner FDP lehnt sie ab. (Juli 2005)

„… und seit Jahren versprichst du mir abzunehmen!“

Erneut verstößt der Bundeshaushalt wegen zu hoher Neuverschuldung gegen die Kriterien des Euro-Stabilitätspaktes. (Juli 2005)

„Na Herr Stiegler, auch mal geworfen?"

Mit seinem Vergleich des CDU-Slogans „Sozial ist, was Arbeit schafft" mit der Nazi-Losung „Arbeit macht frei", wie sie über den Toren von Konzentrationslagern zu lesen war, löst SPD-Fraktionsvize Ludwig Stiegler Empörung aus. Unionspolitiker fordern seinen Rücktritt. (Juli 2005)

„Spatzel, wo, sagtest Du, ist die heutige Kundgebung?“

In der Union wird ein thematisch speziell auf die neuen Bundesländer zugeschnittener Wahlkampf erwogen. (Juli 2005)

Drohende Versenkung

Die FDP will sich im Falle einer Regierungsbeteiligung für die Auflösung der Bundesagentur für Arbeit einsetzen. (Juli 2005)

Medien-High noon

Schröder fordert zwei Wahlkampf-Fernsehduelle mit Angela Merkel, die jedoch nur zu einem bereit ist. (August 2005)

„Ein kleiner Unterschied? Was für ein kleiner Unterschied?“

Laut Umfragen zum Ausgang der anstehenden Bundestagswahl
schmilzt die bisherige absolute Mehrheit von Union und FDP dahin. (August 2005)

„Wenn schon ein eigenes Süppchen, dann hör' wenigstens mit der Spuckerei auf!"

Bei einer Wahlkampfkundgebung im oberpfälzischen Schwandorf
äußert sich CSU-Chef Stoiber abfällig über die Wähler in Ostdeutschland. (August 2005)

Schröders kämpferische Rede auf dem Berliner SPD-Parteitag wird von den Delegierten begeistert aufgenommen. (September 2005)

„... und keinen Mucks will ich hören!“

Die Spitzen von Union und FDP stellen in einer Pressekonferenz die gemeinsamen Positionen für eine künftige Zusammenarbeit vor. Strittige Punkte wie die Erhöhung der Mehrwertsteuer finden keine Erwähnung. (September 2005)

Kind im Brunnen

De Hurrikan „Katrina“ löst an der Küste der US-Bundesstaaten Louisiana und Mississippi eine Sturmflut aus.
Die Dämme um das in einer Senke liegende New Orleans brechen, die Stadt wird überflutet und muss vollständig evakuiert werden.
Man rechnet mit Tausenden von Todesopfern. Kritik an den Verantwortlichen für Katastrophenschutz wird laut. (September 2005)

Die SPD versteht es, im Wahlkampf die Angst vor den Plänen des politischen Gegners zu schüren.
Die schwersten Angriffe gelten dabei Prof. Paul Kirchhof,
der in einer unionsgeführten Regierung als Finanzminister vorgesehen ist. (September 2005)

„Hi hi, man könnte glauben, Sie hätten ein Gespenst gesehen!“

Laut Umfragen holt die SPD im Wahlkampf immer mehr auf. Eine große Koalition rückt in den Bereich des Möglichen, und unter den kleinen Parteien bangt vor allem die FDP um die schon sicher geglaubte Regierungsbeteiligung. (September 2005)

Ehe-Aussichten?

Bei der Bundestagswahl bekommen weder das rot-grüne noch das schwarz-gelbe Lager die für eine Regierungsbildung erforderliche Mehrheit. Die Union, die nur mit hauchdünnem Vorsprung stärkste Fraktion wird, steht nun vor der schwierigen Aufgabe, eine neue Koalition zu bilden. (September 2005)

LUFF

Bürgerlich: Rolf Henn, geboren 1956 in Idar-Oberstein, studiert von 1978 bis 1983 Kunsterziehung an der Universität Mainz und arbeitet nach dem Referendardienst als freier Industrie- und Grafikdesigner. Seine politischen Karikaturen druckt 1987 erstmals die Mainzer Allgemeine, später dann die Stuttgarter Zeitung, die Hannoversche Allgemeine, die Nordsee-Zeitung, die Mittelbayerische Zeitung, der Münchner Merkur, die Westfälische Rundschau und andere.
Außerdem agiert LUFF als Schnellzeichner bei diversen Veranstaltungen.
Mit Ehefrau und vier Kindern lebt der passionierte Segelflieger in Hennweiler im Hunsrück (Entsprechung mit seinem bürgerlichen Nachnamen rein zufällig).
Seit 1989 erscheinen seine besten Karikaturen unter dem Titel „ERTAPPT!" als Jahrbuch, seit 1996 beim DRW-Verlag Leinfelden-Echterdingen.